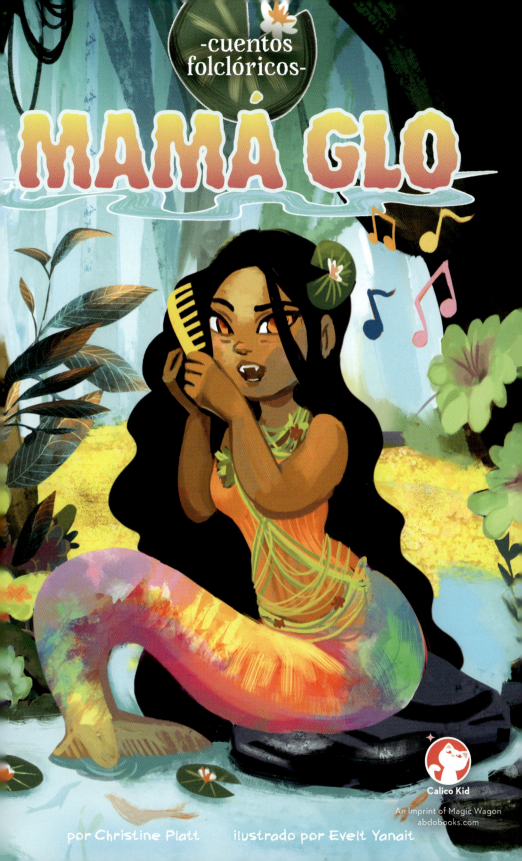

Sobre la autora

Christine A. Platt es una autora y académica de la historia africana y afroamericana. Una querida narradora de la diáspora africana, Christine disfruta de escribir ficción histórica y no ficción para lectores de todas las edades. Se puede aprender más acerca de ella y su trabajo en www.christineaplatt.com.

Para los narradores que capturan y preservan historias—¡gracias! —CP

Para David, la luz que me hace sonreír todos los días. —EY

abdobooks.com

Published by Magic Wagon, a division of ABDO, PO Box 398166, Minneapolis, Minnesota 55439. Copyright © 2023 by Abdo Consulting Group, Inc. International copyrights reserved in all countries. No part of this book may be reproduced in any form without written permission from the publisher. Calico Kid™ is a trademark and logo of Magic Wagon.

Printed in the United States of America, North Mankato, Minnesota.
102022
012023

THIS BOOK CONTAINS RECYCLED MATERIALS

Written by Christine Platt
Translated by Brook Helen Thompson
Illustrated by Evelt Yanait
Edited by Tyler Gieseke
Art Directed by Candice Keimig
Translation Design by Pakou Moua

Library of Congress Control Number: 2022940248

Publisher's Cataloging-in-Publication Data

Names: Platt, Christine, author. | Yanait, Evelt, illustrator.
Title: Mamá Glo / by Christine Platt : illustrated by Evelt Yanait
Other title: Mama Glo. Spanish
Description: Minneapolis, Minnesota : Magic Wagon, 2023 | Series: Cuentos folclóricos
Summary: In Caribbean folklore, Mama Glo is the mother of rivers and streams. She has a beautiful singing voice, but she doesn't like visitors! Still, brothers Keron and Kendon disobey the rules and search for her in the forest. What will they find?
Identifiers: ISBN 9781098235413 (lib. bdg.) | ISBN 9781098235697 (ebook)
Subjects: LCSH: Legends–Caribbean Area–Juvenile fiction. | Nature stories–Juvenile fiction. | Mother goddesses–Juvenile fiction. | Folktales–Juvenile fiction. | Spanish language materials–Juvenile fiction.
Classification: DDC 398.2–dc23

Tabla de contenido

Capítulo #1
¡CRIC! ¡CRAC!
4

Capítulo #2
PUEBLO LAGO
10

Capítulo #3
SEÑORA SABIA
16

Capítulo #4
HOLA. ¡ADIÓS!
24

Capítulo #1
¡CRIC! ¡CRAC!

Un día soleado en la isla caribeña de Trinidad, un cuentacuentos se puso de pie en el parque y llamó a los niños allí a acercarse.

Una vez que todos estaban callados y listos para escuchar, gritó:

—¡Cric!

—¡Crac! —gritaron los niños. Sabían que esto significaba que el cuento estaba a punto de comenzar.

—Sé que todos ustedes han oído hablar de Mamá Glo —comenzó el cuentacuentos—, que es la madre de los ríos y arroyos, y que vigila a los peces y otras criaturas marinas.

Los niños asintieron con la cabeza emocionados. ¡Todos sabían de Mamá Glo! Era hermosa, con una colorida cola de pez en lugar de piernas.

Los niños también sabían que los cuentos de ¡Cric! ¡Crac! se contaban de memoria. No estaban escritos.

—Bueno, ¡tengo un cuento sobre Mamá Glo que apuesto a que algunos de ustedes nunca han escuchado! —El cuentacuentos bajó la voz, sonando serio—. Y escuchen con atención. Este cuento explica por qué los niños nunca deben ser desobedientes.

Los niños escuchaban con atención. El cuentacuentos comenzó a caminar lentamente de un lado para otro.

—Pocas personas han conocido a Mamá Glo. Prefiere vivir escondida, cantando y peinándose su largo cabello con un peine dorado. Pero hubo una vez hermanos gemelos que decidieron ignorar las reglas. Fueron a buscarla, y la encontraron . . .

¡Cric! ¡Crac!

Capítulo #2
PUEBLO LAGO

En un bosque con árboles altos y hermosos, una vez estaba situado un pequeño pueblo. También escondido dentro del bosque había un magnífico lago. Y así, este lugar especial era conocido como Pueblo Lago.

Las mujeres decían que el lago era tan azul como el cielo. Los hombres creían que sus aguas eran abundantes en peces. Los niños pensaban que el lago estaba rodeado de oro en lugar de arena. Pero nadie nunca fue allí. Porque, como muchas cosas en Pueblo Lago, estaba prohibido.

En Pueblo Lago, a la gente no se le permitía comer animales. En cambio, comían solo frutas y verduras.

Y aunque el pueblo estaba en medio del bosque, estaba prohibido cortar árboles. A diferencia de la gente en otros pueblos, que construía casas de madera, todos en Pueblo Lago vivían en casas hechas de piedra.

Un día, un chico llamado Keron le preguntó a su padre al respecto:

—Papá, ¿por qué no podemos cortar algunos árboles y construirnos una hermosa casa de madera?

—Nunca debemos cortar un solo árbol —advirtió su padre.
—¿Por qué? —preguntó Kendon. Era el hermano gemelo de Keron.

—Saben por qué —les recordó su padre—. No queremos que Mamá Glo y Papá Bwa nos castiguen.

Los gemelos sabían que Mamá Glo era la madre de los ríos y arroyos. Y su esposo, Papá Bwa, era el padre del bosque. Pero nunca los habían visto. A los niños no se les permitía buscarlos en el bosque.

Los hermanos siempre habían sido obedientes, hasta ese día.

Capítulo #3
SEÑORA SABIA

Keron y Kendon decidieron encontrar a Mamá Glo y pedirle que razonara con Papá Bwa. ¡Había tantos árboles en el bosque! ¿Por qué su familia no podía cortar solo unos pocos para construir una nueva casa?

Primero, tenían que encontrar a Mamá Glo.

—Hay sólo una persona que puede ayudarnos —coincidieron los gemelos.

Señora Sabia había vivido en el pueblo desde el principio del tiempo. Mucha gente pedía su consejo. Y como era vieja y sabia, Señora Sabia no tenía necesidad de dinero. En cambio, prefería las manzanas como pago. Era demasiado vieja para trepar a los árboles y recogerlas ella misma.

Entonces, cada uno de los gemelos lavó una manzana. Luego, se fueron a visitar a Señora Sabia y hacerle dos preguntas.

Keron ofreció su manzana primero.

—Señora Sabia, ¿qué aspecto tiene Mamá Glo?

¡Señora Sabia se comió su manzana en dos mordidas!

—Mamá Glo es muy hermosa —contestó—. La piel como la miel besada por el sol. Abundantes rizos oscuros que brillan. Una cola de pez centelleante. Y su canto es más dulce que el de los pájaros. Espero que no estén planeando buscarla. A Mamá Glo no le gustan los visitantes.

—Ah, no lo haremos —mintió Kendon. Entregó su manzana—. Solo tenemos curiosidad. Pero si, por casualidad, dos hermanos la vieran, ¿qué deberían hacer?

¡Señora Sabia se comió la otra manzana en una sola mordida!

—No sé por qué dos hermanos serían desobedientes —dijo Señora Sabia—. Pero si esto sucediera, cada uno debería quitarse el zapato izquierdo, colocarlo en el suelo boca abajo, y marcharse rápidamente hacia atrás.

Keron y Kendon querían preguntar por qué. Pero se quedaron sin manzanas. Pronto, se fueron a buscar a Mamá Glo.

Capítulo #4
HOLA. ¡ADIÓS!

Keron and Kendon sabían que Papá Bwa castigaba a cualquiera en el bosque que no estaba permitido allí, incluso a los niños. Así que, se cubrieron con hojas para esconderse de él.

Luego, entraron en el bosque oscuro. Rayitos de sol brillaban a través de las copas de los árboles mientras los chicos buscaban a Mamá Glo.

Finalmente, vieron una franja de agua azul entre los árboles.

—¡Mira!

Estaban parados junto a un magnífico lago. Arena dorada lo rodeaba. Cientos de peces nadaban en el agua azul celeste.

Y en una gran roca estaba sentada la hermosa Mamá Glo, peinándose sus largos y oscuros rizos con un peine dorado.

Golpeó el agua con su cola de pez centelleante y cantó:

—Yo soy Mamá Glo.

—Somos Keron y Kendon —contestaron los chicos—. Estamos aquí porque . . .

Pero Mamá Glo los interrumpió:

—No me importa por qué están aquí —cantó—. Debo decirles por qué no me gustan los visitantes.

—¿Por qué? —preguntaron los chicos.

Mamá Glo palmeó su barriga.

—¡Es muy difícil no comerlos!

Los gemelos se miraron, asustados.

—Una vez que cuente hasta tres, espero que no estén aquí, porque de repente tengo mucha hambre. Uno . . . Dos . . .

Antes de llegar a tres, cada uno de los chicos se quitó el zapato izquierdo, lo colocó boca abajo en la arena dorada, y se marchó hacia atrás lo más rápido que pudo. Todavía no estaban seguros de por qué eso ayudaría, pero estaban demasiado asustados para ser desobedientes por más tiempo.

A partir de ese día, Keron y Kendon estaban agradecidos de vivir en su casa de piedra. ¡Y, estaban agradecidos de no estar en la barriga de Mamá Glo!